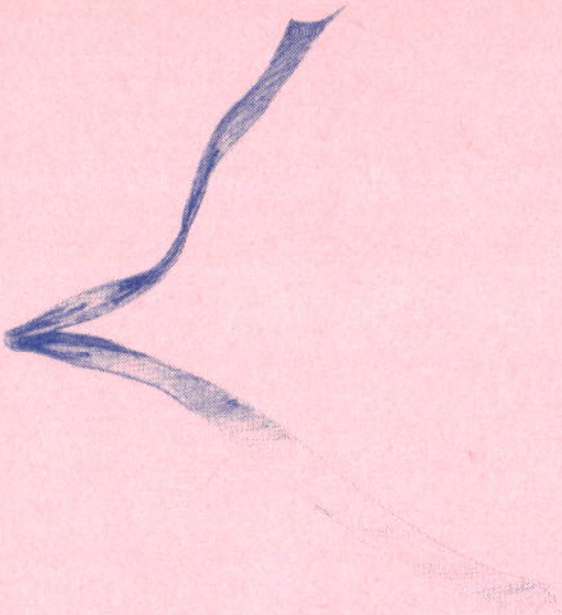

屋根よりも深々と

文月悠光

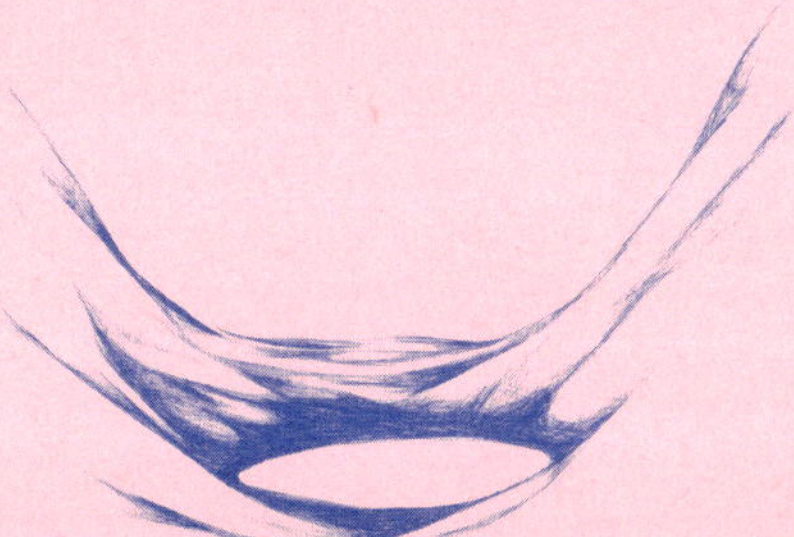

思潮社

目次

装画＝森本めぐみ
装幀＝今垣知沙子

屋根よりも深々と

文月悠光

あたしは天啓を浴びたのだ

狐女子高生

つむぎたいのは、その不規則な体温。
手肌をつらぬく　つむじ風。
プロセスは机の隅に押しやって
唇に海を満たす、吐く。
たおやかに　狂いだす血潮。
この学校ができる前はね
ここで狐を育ててたんだって。
そう告げて、
振り向いたあの子の唇は、とっても青い
狐火だったね　覚えてる。

（狐女子高生、養狐場で九尾を振り回す。
（狐女子高生、スカートを折る。
（短きゃなお良い至上主義。
（十八歳は成人である由、聞きつけて
（選挙に行った受験生。
（単語帳の陰から盗み見た立候補者、
（あいつ尻尾がないぜ。
（ごまかすな、襟巻き税。

はじめから
あらゆる脈絡と絶交していたけれど
ついに教室の窓を叩き割り、
夕陽の破片を
左胸に食い込ませる／深々と！
鼓動が血に濡れているなんて
いつ　どこで　誰が決めたの。

わだかまる窓という窓を吹き飛ばしたら、
カーテンだけが私の翻《ひるがえ》る顔になった。
壁に抱きついたまま、
風を装い、〝私〟は踊る。

ネクタイ結んであげる、の一声で
化かされる新卒教師はものたりない。
おかげで停学処分を免れて、
青い口紅　倒れたほうへ
いらんかね　いらんかね
油揚げを売り歩く放課後。

曲線を描くために

点の集合が線になる、
という先生の言葉に
私はひっそりと頭をもたげた。
黒板に打たれた一つの点は
チョークの粉を散らすばかりで、
「なるのです」と示されるそばから
直線へ芽吹くことはない。
うっすりと、私は机の木目に笑いかける。
木目は惑うように瞬き返した。

だから、この身は吹きのびていかねばならない。〝わたし〟という点の連なりを、世界、とまっすぐに呼んでもらうために。けれど、連なりはゆるやかに歪みはじめた。ひとすじの世界はそれを無視して張り詰める。直線であろうと実直さを装うほど、からだはまるみを帯びて熱くなった。世界の端と端が結わえられるとき――その一瞬の交感を見逃すものか。私は身をよじりながら、〝わたし〟を産み落としていく。それは、火傷を負うような剝離だった。
世界からはじき出された〝わたし〟たちは座標軸へと落下していく。軸は直線であるはずなのに、口を開き、ゆるく溶けだしている。私は〝わたし〟が飲まれていくのを、しんと見送っている。

一滴の牛乳を垂らして乾かしたような
放物線の図を前に、黒板消しの手を止めた。
滴の足下にすっきりとのびた座標軸を
私は赤いチョークで波立たせていく。
ここからここまでが
〝わたし〟の曲線。

ホルマリン

水飲み場の鏡の中で
教室の隅の掃除箱で
図書室の窓辺で
それは誰の腕であったろう。
誰の唇であったろう。
ホルマリンの波にさらわれて
思い出として打ち上げられた、
十五歳の標本たち。

その言葉の響きから、ホルマリンがすばらしいことを知っていたので、私は息を弾ませて、足首に裁ち鋏を食い込ませる。在り続けたい、と痛む身体を尖らせている。名前のついた思い出はいらない。過去はまだ、懐かしむことを許していない。青白い標本になり果てるくらいなら、立ち返ることもできないほどに、いま血を流してしまえ。起立、気をつけ、礼――。扉を叩けば溢れ出し、この身をつんざく光だった。

風に音もなく包まれた、
塔の姿になりたくて
あの街に　あの道に　あの校門に
私は目じるしを投げ続けている。
太陽に灼きつけられた、
制服の少女へ口づけをする。
陽光を恐れない唇をさらう。
彼女のためいきに吹かれて
私の四肢はなだれゆき、
身を削ぎながら、宙にほどけた。

先生は白衣をひるがえし、
標本を跨いで歩きだす。
追いかけた私のつま先は、
教室をはるか越え、
遠い海辺にのびていく。

標本になどなるものか。
生きた身体でここへ
打ち上げられてしまった私。
誰にも奪うことはできない。

大きく産んであげるね、地球

目を閉じれば、私は消える。
まばたきの隙に、
あの一瞬の暗闇のときに、
からだは別の何かへすり替わっていく。
私が地球をはらんだのは
誰のしわざでもない。
まぶたの裏に一幕の宇宙をひろげて
ここからずっと、覚えている。

私を子ども扱いするのなら

地球、お前を産んでみせよう。
子宮の内にふくらませ、
お前をひそやかにまわしてやる。
覚えたての自転はぎこちなく、
ときおり子宮の壁にすり寄ってくる。
未熟な重力のため、
宇宙へ絶え間なく砂がこぼれる。
さらさらと
文字をしたためるようなその音は
身重のときを告げている。

地球を身籠る支度をしよう。まず、影のうぶ毛を踏みしだき、まっただなかの泥土ねじる。けぶっていくそれらひとつひとつに指をさし、告げていくのだ、

（わたしはお前）

開かない目をこじあける度、そこに私を見たので、いっそうお前をいじめたい。海を一身に浴びせるため、何度でも突き落とそう。そうしてすっか

り角が取れたなら、まわってごらん、お前。もっと上手にまわれるだろう。

ひとよりも大きく産んであげるね、地球
　うそぶく。
腹をたてに撫で、よこにさすりながら息をつく。
宇宙に浮かべて、初めてお前の青さを知るだろう。
立たされる場所がないのなら、
まず腹を痛めたい。
（許せますか）
お前のうえに立つ、それだけの母。
きょうも背が
伸びすぎてしまった。

絵画の仕事

夕刻、
イーゼルの腕の中で身を起こし、
ひっそりと降り立った。
床から手洗い場、窓辺に至るまで
美術室はひしゃげた絵の具の染みに覆われている。
紙パレットの地平から親指がそそり立つ。
青を踏みしめ、私はたたずんだ。
衣を塗りかえられても、
この身はけっして定まらない。
私は私の色を手放さない。

赤信号を駆ける雲たちよ、
すみやかに渡れ。
これから夜闇を振りまきにいくから。

あたしは天啓を浴びたのだ

せっけんの溶けた水を吸って
くったりと重くなったシャツ。
衣服というより、生きものに近い。
握りしめると、
指のあいだから白い泡が溢れてくる。
ほどいた生きものにはひと並び、
手術の痕のように
赤いボタンが縫いつけられている。

（いままでお世話さまでした。

「きみは孕みやすいから、おかあさんになるといいよ」
という天啓を浴びた誕生日の朝、ランドセルを残して家を出た。
声が海ならうたうたいに、疾風を漕げばランナーに、髪を振り乱せばおんなになれる。そのことを、あたしはこれから証明しに行く）

生きものは
吊られたものから順に泣き出す。
その下に赤い椀を据え置き、
ポツリポツリとだしをとる。
音の調子が変わるのは
ときに小鈴や米もこぼしているから。

（そう、影を踏み抜けば狐に、リボンを結べばモンシロ蝶に）

椀の汁をすてるか、のむか。
その底に
私の乾いた唇もとざされていて。

（朝日に焦がれると小鳥で、夜を歩けば四分音符。あたしはもう親指で〝ド〟を叩きながら小指でも〝ド〟を弾けるもの。右手を反らし気味に押し開き、ドーッと打ち寄せていく。破水だ。わたしわたしわたし！とあたしは呼ぶ。

「はい」と淀みなく手を挙げる十四才のわたし。

「これは私なのだろうか？ いや、私ではない」反語の授業は、はなまるだ。二年一組の教室では、今日も手のひらが立ちのぼっている）

私は私をのみほせようか。

（宿題です。詩人にならないために、私たちができることを／産み落とす前の紙の白さ／何字で要約しても構いません／かまうものか／紙はどうせしとやかに亡びますから／あたしを呼んで、おかあさんと呼んで／あさって、私たちは私たちの乳呑み児を朗読します）

余白を孵す

なみだ銃

指定の黒いハイソックスを引きはがすと
締めつけの跡がみにくく
ふくらはぎを一周していたから
私は〝ひつぜん〟という言葉の意味を思った。
(産みつけられる以前に立ち返ること、
それがそのまま死であったなら)
この足は飛ばすものなのだ。
弧を引き連れて、遠い地平へ刺さるだろう。
ひとまず、つま先を削って
とがらせておく、鉛筆のごと。

それは本当に〝必然〟だったのだろうか。
かつて、薄っぺらな紙きれに
〝必然事項〟という欄があり
未生年月日を記すよう迫られた。
記した通りに生まれてきてしまったことを
いま、考える。
私はしたたかな0歳児なのだ。
すぐさま歩き出す定めを
乳児のように背負わされている。
手に入れようのない日々を透かし見られてしまうから
この身は当然のこととして
雨に濡れたり
接吻されたり
毬のように蹴り上げられたりする。
私は〝必然〟から逃れたくて
卵として息づいた時点から記憶を捏造する。

母の腹の中で、密かに老いを重ねていく。
ひとり小さくなって、雨宿りの姿勢をとる。
目いっぱいにあふれ出ようとする世界を
そうして引き留めていた。

やりすごした雨粒のひとつひとつを示しても、名を失った彼らは心許なく
流れてしまう。ざわめきながら、瞬く間に発達する涙腺。ふくれあがった
それは、裏側からまぶたを火照らせ、ほくそ笑む。

うんときつく、締め上げておこう。
ねらいをつけて泣き落とすのだ。
定めたものから撃ちぬいて
私の涙腺は機関銃となる。

締めつけられ、
小鮫のえらのように起伏を帯びた　そこ、
ふくらはぎの背　に触れ

これは〝私〟なのだろうか？　と
指を突き立て、問いかければ
、痛い。

先の先で交わる鋭さなら
とっくに折れていたのだ
弧を描き、歩き続けるつま先は
削れて丸くなることなど
恐れていない

私はまぶたの引き金をやすらかに下ろす、
世界の〝必然〟を撃ち落とすために。

大きくなったら、なれますように

どうやら生かされるらしい。
ひとは大きくなって初めて
〝何か〟になるので、
足が伸びている内は他人だ。
わたしはいつも
他人の生々しい呼吸音を
起きぬけに聞く。
それが止むことを
切に願っている。

七夕の日の教室で、わたしたちのダンスは晴れやかだった。色とりどりの短冊がさんざめくその下をくぐって、

「大きくなったら、なれますように。なれますように」と手を叩く。

そのとき、わたしたちの可能性は自明であったから、祈ることが歓びだった。

踊り疲れた手足が血を流す頃、わたしたちは大きくなりすぎていた。指し示す間に、星は移ろっていった。もう戻ってこない短冊、笹の陰からわたしたちを見よ。その眼差しでまっすぐに射抜いておくれ。

ささやいておくれ。

「誰でもない誰かになれますように」。

大人になれば〝何か〟になれる、
という予感が
わたしを空へ引き寄せる。
空の青は近くてとおい。
抱く前に、腕からこぼれる。

目覚めた今、
聞こえるのは
はばたき。
やわらかい胸の上下。
滑空すれば、
風が〝わたし〟を縫いつける。
何者なのか知らないが、
ひとは大きくなると
生きはじめるのだ。

あの子の情動

わたしの腕の中にはいつだって
わたしのからだが先にいる。
二本の足で立ち尽くし、
小さくあたたまっている。
だから、あの子は
閉じたその唇をどこに置くべきか、
困り果てていたのだ。

放課後は教えてくれる。
のどを伝って下りてくるのは木もれ日、耳穴を抜けてまたたけばダイヤモンド。そうじ当番のあの子、窓際で光にまみれて、どんな大人になってしまうの？
いま、チャイムの響きに送り出されて、わたしの手が触れると、その右肩は振り向きざまに震えて、情動とは彼女のことだ。ください。あの子の肩を探して机の間をすり抜けていくとき、ひとりで生まれたように、わたしも心細かったのよ。
あの子をください。

わたしたち、おそろしく無知だから、息の止め方もわからずに舞うことができた。互いのスカートの裾をにぎり合って広げ合って、ひとつの傘になれること、この教室で試してみようか。わたしの手に指をからませ、呼吸をうながすように見つめた、その唇がつむぎ出す。

指が五つに分かれているのはね、
それぞれの指で
包みなさい弾きなさい傷つきなさい、
ということなのよ

下校時刻を告げるアナウンスまで、
夕日が夏服のわたしたちを閉じ込めるまで、
あと十七秒。
あの子の左胸がカウントダウン。

ストラップ（色ちがい）
小指にはめるピンキーリング（おそろい）
すべてを机の中に押し隠し、
わたしは一切の証を求めない。
代わりに手にするのは、透明なしつけ糸、
見えないくらい鋭い針。
きみたちは姉妹、双子みたい、と
わらう人々の口に
輝くジッパーを縫いつける。
つつしみなさい。
この関係を名づけるのは、
わたしとあの子の唇だけ。

この味は海

潮のかおりをまとうため
今夜、私は波を呼びよせる。
こみあげる熱に追いつきたくて
胸ふくらませ、息を継ぐ。
のど奥にまどろむこの味を
海と決めたから。
染みるように辛《から》いあのしずくは、
私をけして甘やかさない。

「泣きなさい」

職員室のぼんやりとした窓明かりの下、先生は告げる。

「泣けば、楽になる。泣けば大きくなれる。

泣けば、あたらしいあなたが生まれるのよ」

「あたらしい私なんて生まれてほしくありません」

「でも、海はあたらしいあなたを運んでくるの。

だから、しっかりと波を重ねなさい」

先生はそう言って、早退届に赤い印を押した。


「涙が成長を促進させるのですよ」

黒板に描かれた座標軸が脈打ち、さざ波として押し寄せてくる。制服を波に手放し、私はむき出しで抗っていく。泳ぎ切ろうと身を反らす。涙に養われてきたわけではないはずだ。負けないために噛みしめてきたこの味だもの。

先生、私は苦しいものを背負っていたい。

溺れることなど演じられない。

首にかけていた制服の青いリボンをすくい上げ、
一息にほどき去る。

潮風に手放した。

この目から逃げるように落ちたしずくは
パジャマの膝をひやりと濡らす。
これは、波を手招く儀式なのだ。
私は手首に、ももに、右肩に
ひとしずく　ひとしずく
確かめるように産み落とす。
湿った頬をシーツに押しつければ
ベッドに潮が満ちてくる。

この世の果てることすべて

上靴からかかとが
ブレザーの袖から手首が
シャツの襟からくびすじが
第一ボタンから息の根が
逃げ失せる。
かしこいことには皆
私を置き去りにしていく。
不意に風が吹きすさび、耳に打ち響いた。
青い車窓たちが
私を映し出してはさえずり、

目の前を飛び去っていく。
そこは駅のホームのようであった。
彼らの羽ばたきをとらえようと
私は線路へ近づいていった。
羽ばたきの向こう側の
吊革を握る右手たちへ
一心に目を見開くのだ。

（夕日に背中から抱きこまれる度、内から脈打つようにうごめいていた。生まれ落ちた瞬間の、その記憶を失くしてまでも、息をつむぎ出す。——知りたい、この身体が私ではなかった頃のおはなし。杯を傾けた途端、地球はゆるりと寝返りを打ち、せつな確かに、宇宙から見下ろされている。この世の果てることすべて、私からすこやかに抜け落ちているの）

電車が吹き抜けていった後
ホームにひとり、
影は立ち尽くしている。

俯き加減にのど元へ手をあてて
繋ぎとめるような仕草をしてみせる。
どこかへ向かう電車ばかりが
まばゆくて
彼女は魅せられたように
帰れないのだ。

余白を孵す

近頃、私の血を見ていない。
夜の蛇口にも、海苔巻きの中にも
黒板消しの陰にも
めっきり私を見かけない。
あなた、わたしっていうひとですか。
よるべなく風を尋ね歩けば
皆、通り過ぎざまに
白い紙を手渡してくる。
なびいてやるものか、と
私は風上で鉛筆を走らせる。

紙の白に手を這わせると
ひとつのささめきが指先へ打ち返してきた。
〝さあ、余白になるのです〟
私はかぶりを振って言い放つ。
誰もいない場所は余白たりえない。
白紙を余白へあたためゆく者は、
私の血であり、物語なのだ、と。
〝ですが、あなた自身もまた
世界の余白のかけらではありませんか。
行間で寝息を立てている、あれは誰か。
揺り起こしに向かいましょう〟

スカートを腕の中へ手繰り、
ことばの脚を探りあてる。
その火照った内腿をつかんで
前に踏み出させる。

重心の偏りによろめきながら
私はことばを歩かせる。
そうまでして、歩きたい。
この脚で歩むならば、そうしたい。

（歩く踵とことばの踵は、どちらが高いということもなく、互いを仰ぎ合うので、何かを書きとめるとき、顔は空に向かう。雲間のひらめきも、雨のひと雫も、ひっそりとついばんでいく。もし歩く踵を折って、ことばのそれにくくりつけたなら、私は造作なく手元を確かめ書き散らし、そこから何かを見下ろしてしまう）

足うらに三日月が、
爪の切れ端が、刺さりゆく。
断ち切られても、なお
私へ爪を立てる私なのだ。
いま、想定されるために
生まれなおしたい。

私の赤い血が
余白を孵《かえ》す。

私たち、密生する

きれいな窓

カーテンは直線ではなかった。
波を描いたその足は
光を背に、幼い私を呑み込んだ。
うちがわにて
からだはシトシトと消化され
ほうぼうへ流れて行った。

（痛みを追って、はじまりの記憶に眠り入れば、足裏は少しずつ地面から剝がされて、からだが宇宙へ放られる。遠のく手足を見送りながら私、伸びすぎた前髪を嚙んでいた。生き延びたのは記憶であって、私ではなかったのだ。

「追わなくていい、思い出さなくていい」

ランドセルは肩を引きつけ、私をさとす。下校の歩みは、電柱を折る不器用さで坂道をつないでいく）

記憶は、私をこの世に泳がせて
ときに私をはみ出し、汗にまみれる。
言い募るさみしさに似たこの腕は
何かを抱いているらしく、
振り切ることができない。
「どうか私を守らないで」
窓辺を離れてひとり、発とうとするけれど
つま先の方角だけが決まっていて
世界をどこへ連れて行こうか。
カーテンに打たれて
割れてしまいそうな
記憶はきれいな窓だった。

やがて
見つめたものはこの目に帰る。
まぶたに砕かれ、
私の中へ振り落ちる。

流星の愛で方

流星を愛でる人はいますか。
振り捨てられた尾は
まばゆい針となって夜闇へ刺さりゆく。
皆その一瞬に何かを望み、願おうとする。
朽ちていく光を前に
そのようなことをする。

夜半、何かを包みたくなって
握ったら、コップでした。
水がなくてもわかる。

水を入れる冷たさをしている。
私のからだが含む水は見えない。
この身の70％を占めていながら
知覚されることがなかった。
失われた星をコップに受けとめて
私は私が蒸発している音をきく。
星があふれてしまわぬように
表面張力を抱きとめていた。

手のひらの筋目に口づけて
そこに示された運命たちへ合図を送る。
結ばれなさい、ねじれなさい、
すこやかに断絶しなさい。
線であることを忘れてごらん。

何かを切に願うとき
手のひらに浮かび上がる、あたらしい線。

私たちは見届けなくてはいけない。
夜の空に顔を上げ、立ちんぼうで
流星の行方をまっすぐに見る。
私たち自身が
流れてしまわぬように。
闇にまぎれてしまわぬように。

背中のさかみち

かたちないものに手を伸ばすと
背中を脱がされる。
そう聞いて育った。
触れて確かめられるものだけが
私を守る円となる。
隠し持つ半径はいつだって
かろやかに人をはじいてしまう。

ある坂道を上る彼は
アスファルトの傾きに飲まれて

背中を失っていく。
私は冬の円の中にたたずみ、
彼の背中を見つめていた。
（その輪郭に指を置きたい）
つららを固く尖らせて
夜のとばりへ打ち上げる。
冬の空は
犬の腹のようにふくらみを帯びていて
つららを受け、三日月形に裂けていった。
そこからあふれ出た声が
立ち尽くす私の前を吹き荒れていく。
春は地上にこだまして
雪解け水を打ちひらく。
私の半径もしずかに切り崩すのか。

彼の背中を追って、坂道へ踏み出した。
迫る私を振り落とそうと

坂は激しく身をよじる。
（坂が寝返りを打つ前に、 手を届かせなくては！）

駆け出せば
坂の左肩から伸び上がり、
空の根に私は触れる。
息が爆《は》ぜる。
雲の合間から
まぶしい背中をひきよせている。

青い名前

私が生まれたとき、
祖父は黒い額縁の中で目を細めていた。
彼が孫に遺したのは、赤茶けた世界文学全集と
ほこりまみれの〝地球〟。
唇を一文字に結ぶお医者の祖父よりも、
私はこの青い球体と親しい。

球体の色あせた「Australia《オーストラリア》」に指を置き、
力いっぱい送り出す。
海の、山の、平野の名前たち。

それら、アルファベットもカタカナも
青い渦の回転に飲まれていく。
球体に触れてみれば
指はすべらかに青にうずもれて
ひたひたと〝地球〟の中心へ導かれていく。
手を強く引き抜いた瞬間、足もとに青が滴った。
その凍てつくような鮮やかさに、
もういないはずの祖父が息づく。
この青に、従わねばならない――。
回り続ける地球儀の前で
私はぎゅっと目をつむる。
この星から振り落とされぬように。

（辻褄を合わせて鐘を鳴らしに行く物語では退屈だから、
この目で星をつきとめたい。
まなざしは焦点を求めて、四肢よりも先に駆けていく。
闇を突き抜け、「明け渡れ」と飛び立っていく。

私たちは自ら、光を照らし出した。
手を合わせるのではなく、しかと見つめることによって）

〝地球〟は自転の速度をゆるめながら
あらゆる名前を、地点を、取り戻していく。
私は、足もとに刻まれた線に気づいた。
指でなぞると、小さな文字の連なりであった。
ここに刻まれた言葉を
はっきりと見たことがある、
口にしたことがある。
けれど、言葉の意味がおりてこない。
私はどこで、この言葉を手にしたのだろう。
かたかたとささめくように
背後で青い球体が揺れている。

てのひら

散り敷く〝てのひら〟たちを
時折ひそかにつかみとる。
〝てのひら〟は
骨もろとも砕けてしまう。
指の合間から、かろやかに抜け落ちていった。
私の手を握り返すこともなく。

この目を、しかるべき位置に振り分ければ、空が迫る。
振りかぶった手の甲に、暗い葉脈がひたと張りついている。
指を這わせ、そのみちすじを浮かび上がらせていく。

どなたか
握り返してくださいさい抱きしめてくださいさい、と
〝てのひら〟のささめきの中、
私の手が散り乱れている。

私たち、密生する

息を繫ぐ。
膝と膝の谷間に顔をうずめ、
〝わたし〟の吐いた息を
口の中で溶かしだす。
私たち、密生する。

閉じたまぶたの裏側から
私を見透かす〝わたし〟の目。
その漆黒の溜まりに星屑が吹きぬけていく。
色づいていこう、夜明けまで。

私と〝わたし〟

手を握り合うには近づきすぎた。

だから〝わたし〟と息を繋ぐ。


溶けない、剥がれない、少女の内に降りしきる雪。赤い小指を立たせても、凍てた思考は降り止まぬ。他人《ひと》はとめどなく徘徊し、満ち引きを繰り返す海だから。すべての他人は〝あなた〟であり、肩に触れ、耳元で声をひそめ、ときには接吻も施さねばならない〝誰か〟なのだ。

満潮の気配と、降り注ぐ思考に叩かれながら、彼女は海をさまよった。

（〝誰か〟に飲まれてしまう前に、〝わたし〟を見出さなくては）

飛沫《しぶき》の上がった先に、古びた〝わたし〟を見つけたなら、

（あなたは、私です）

彼女はその度に、過去と自分を引き合わせている。

地を這う確かな息づかいを追いかけて
私は〝わたし〟の呼吸の中に潜り込んでいた。
息を吹き込めば、管楽器のようにうちふるえる喉。

（〝わたし〟が私へと目覚める重奏は
ひそやかな潮騒だから、
まぶたの裏の夜を見すえて）

交接する生。
満潮はまだ恐ろしいけれど
空が明らんできたら、
共にまぶたの幕をおし上げたい。
私たち、密生する。

寄り添いながら、間違え合うこと

摩擦熱

君とすれ違うときの摩擦熱で
私はひそかに温まってきた。
ちいさな針穴を見つけては、
よろこんでいた。
別離のぬくもりは、
君とこれを分け合っているから
持続していたのだ。

生き続けていたらとほうもなくて、息の緒が細くねじれてしまった。今日も朝が来て、街がゆっくりと私たちを飲みほす。雨が降れば、それを理由に私たちは死ぬことができる……。殺めることはたやすく、絶えることもいとわない。けれど、ひそめた息をどのように取り戻すべきか。たとえば、ねずみ花火の回転をすり抜けて、くるぶしに火傷一つ負わずにいられたなら、この足を差し出そう。

私から全てをうばう火よ、
迎えに来た、と
挨拶ぶって手を握れ。
そしたら、私は振りほどく。
しばし間を与えたのちに。

君の背中を打ち、
揺さぶり、踏みしだき、
壊れろと声を投げ——
私はだんだん消えてゆく。
君の後ろで、
君の知らぬ間にいなくなる。

消えながら思う、
「一緒に居られる装置を愛して、
私は損なわれたいだけだった」。
私がほんとうに鈍くなってしまうまで
君は針先をなくさないで。
光をそっと貫いていて。

私の引いた地平線を忘れたんだね。
もう君の陽が落ちてくることはない。
こすれて
ふるえるほどに温かいこの身体。
燃え立つ風下で
なびく髪に抱かれている。

水脈の手

甘い水泡をためたグラスを横に、
私は窓辺で頬杖をついた。
窓の外、道行く人は横顔を保って歩き去っていく。
（私は何を待っているのだろう）
グラスの中の氷は時を推し量り、
ベリーソーダの赤いグラスの底へ
水の触手をゆらめかせていった。

腕時計の手を顔に近づけてみれば、
手の甲から指先へ

無数の線が横切っている。
ゆるやかに波立つ水面に似ている。
第二関節は、屈伸するたびに波紋を奏でる。
水脈の息づいた手。
私がこの手を握るとき、
遠くの小川では
手のひら一杯分だけ
水があふれるのだ。

（大きさの異なる手のひらが重なるとき、身を寄せていく間合いを守っていきたい。手に波紋を起こして、私は相手のぬくもりを捉えようとする。私たちの手には水脈が生きているから、ひとつの手が他方の手を包み隠してはならない。波紋をください、ふたりの水を枯らさぬように。
――私はとうとうと、この水脈に流れゆく）

ストローの中、のぼりつめて
舌先を刺すようにはじけた。

ベリーソーダと唇、
赤と赤の交接に目をつむる。
予感に張り裂けてしまわぬよう、
両手を上着の袖に隠し、店を出た。
街の奔流の中、
私はグラスの氷となって
雑踏の底へゆらりと沈んでいく。

黄色い翅

脈拍をおしはかりながら
心臓がゆっくりとはばたき始めた。
私が驚いた隙に心臓は脈を速め、
ひといきに舞い上がる。
振り仰げば、それは一匹の蝶の姿をしていた。
鱗粉をまとって黄色に輝く翅、
黒々と目立つ複眼。
口もとには細い管が端整なうずを巻いていた。

「十九年も一緒だったのに、自分の心臓が蝶とは気づかなかった」

蝶は羽ばたきの速度をゆるめ、私の鼻先で触角をかしげる。
血がみなぎっていたはずの左胸に手を当てると、
そこは冷たい空洞と化し、恐ろしいほどに寡黙だった。

まつげの奥から蝶を見つめて、まばたきで話をしたい。まばたきは、ははたきと同じで、よろこぶ翅の所作だから、蝶は私のまつげが気に入ったよう。
（蜜を口いっぱいに含みながら、わたしたちは花々をあとにする。わたしたちがいないとき、花は咲かない、咲いてはならない）

口先を研ぎ、蝶はしたたかに蜜を吸い上げる。
花から飛び立つごとに、その影を大きくして。
やがて蝶の航路が起伏を帯び、拍子をとりはじめる。
私の鼓動のしらべだろうか、
からだのそとで脈を奏でる蝶のかげが濃い。
左胸をひらいてみせると
蝶は待ちわびていたように身をひるがえし、

左胸へ舞い降りた。
蜜があたたかく染みわたれば
花の香に包まれて、唇がゆるむ。
鼓動と共に
私の口からことばがこぼれ出る。

内から響き始める拍動に
黄色い翅が舞い立ち、
連なっていく。

寄り添いながら、間違え合うこと

A面

一本の鎖は
彼らにしか理解しえない言語によって、
しなやかに結びつく。
「寄り添いながら、間違え合うこと」こそが
過去を語る秘訣らしいのだ。
ならばと、
私は自身のつま先を握りしめた。
アスファルトにまるく横たわり
地球のネックレスとなる。

血肉でできた、でこぼこのネックレスは
しずくのかたちにも似て、
ざわめきを内包する。
（お静かに）
かき抱いた空の下、
あなたの住む街が
しんと濡れそぼっている。

B面

花の咲かない丘にも
咲き乱れる丘にも
約束は等しく吊されていて、
すみやかに契らせようと
小指たちへたなびいている。
いつか
あなたのコーヒーにも

わたしの牛乳にも
同じ唇のあとが残るだろう。
すりおろされた林檎は
指の合間からこぼれおちて、
台所をてんてんと踊りはじめた。

車輪は何を引き裂いたか

一通でも多く
手紙がほしい　と思っていた。
手放された言葉は
頭上で行き来をくり返す。
あのめぐる光はきっと
わたしと誰かを往復する電車。
――みえない、
車輪は何を引き裂いたか。
わたしの由来を用意して。

でないと、走り出せないでしょう。
ほんとうのすがたでいよう　なんて
不能な確認はいらない。

唇が話し出すのを待っているまに、ほこりにまみれてしまうから、ここで語りつづける払いつづける際限なく古びていく。抑揚のない指先が何度もこの肩を削って、鉄くずのようにきらきらと生まれては閉じるとき、朝はもうわたしの目を焼いている。たった今あらわれた顔をして真っ赤に昇っていくあの星は、わたしが何者なのか知っているはず（轢いてください）。ほこりを払う手のひらの、浅黒いつやめき。わたし、いつか土にかえることを志す。

わたしと誰かのあいだには
線路もなくて
ただ、読めない手紙ばかりが届いた。
まったき由来をください　と
このからだごと闇雲に送り返せば

ちいさな車輪をつけて戻ってきた。
引き裂いてごらん。
わたしはあらゆるものたちへ
車輪を与えはじめる。
走り出してから呆然としてもよいだろう。
停まらずに願う。
あまねく駅を呼び寄せて
西日の胎内を
通過していく。

父をひそめて

つま先にタイツをくぐらせる私の前で
母は　アラッと声を上げた。
私の足首を引き寄せて、ため息と共に告げる。
「あんたの足の爪、
お父さんにソックリね」
父の足の爪なら覚えている。
年老いた歯にも似たそれは、
立ち尽くめの手仕事を彷彿とさせる。
一日三十人余りの口を覗き込み、
せっせとガーゼを詰めている父。

けれど、この両足を並べてみれば
見慣れた私の爪が顔を出す。
「ホラ、この小指のあたりとか……。
やっぱり親子ねェ」
感嘆する母に背を向けて
そっとタイツを引き上げる。
タイツは薄いブラウンで、
細かなダイヤの模様が編み込まれている。

いつでも切り離してさよならできると信じてきたのに、どこへ身体を届けても、私は父を生やし、父のように歩くのだろうか。父の跡を地面に残しては、こっそりとうずくまったのか。湧き出す水のようには、生まれることができなかった。どこからともなく流れてきた、混じり気のない私そのものとして目覚めたい。歩んでいきたい。けれど、水を見つめる私の前につま先がある。紛れもないこの足で、砂利を踏み分けてきたから。

この足が、父と私の

何を結びつけるのだろう。
問いかけたい気持ちを背後に追いやり、
背中のジッパーを撫ぜる。
黒いワンピースが
この身をひとつに束ね上げ、
めくれた裾は父の足を投げ出している。
入念に乱れを整えれば、
膝頭は身をすくませて
布の陰に隠れていった。

すんなりと父をひそめて、
私は街へ出かけゆく。
新しい水脈を追って
駆けていく。

抜け落ちる髪、生かされる私

シーツの波を引き寄せていくと
波間を漂う遺物にたどりついた。
寝返りのさなかにこぼれた二本の髪の毛へ
私は薄く目を開ける。
毛先の色を失った一本は、波にたゆたう。
黒々としたもう一本は、背中をのけぞらせたまま。
昨晩まで、結い上げては
肩にやさしく這わせていたけれども、
私という地を離れた彼らはもう遺物なので、
枕元の読みかけの物語へ葬ってやろう。

トビラ裏の白いページに、さざ波の一本、
あとがきの〝感謝〟のくだりへ、からかうように黒い一本。
本のページが綴じ合わされた影の部分に
髪の毛をはさみ込んだ。

本は嬉しそうに二本をくわえている。裏表紙の膝を抱えるとき、パタンと息を吐き出すけれど、私の髪の毛は吐き出さない。私は更なる一本を次のページに与える。

――ときに抜かれ、切り刻まれて、負けじと生えてきたものが、また抜けていく。季節の変わり目に身を置けば、髪をすいた指の間から一筋、ふーっと落ちる。その度に、ほころぶ頬を隠して本を開いた。小さな頭にひしめいて孤独に憧れてきた子どもたちは今、ページの狭間にひとりきり。活字の蜜を吸い上げ、空白に息を吹き返す。

けれど、物語はいつか終わってしまう。
どのページをめくっても
そこには既に髪の毛が眠っている。

遺物を精一杯に噛みしめて
ページはついに尽き果てた。
それでも、私を信じて抜け落ちてくる髪。
気づけば、
新たなページを書き出していた。

書くために生きる、と声を響かせる度、
本はかたく口を閉じ、
私にからだを開かせない。
ならばせめて、葬ることを許せ。
この手に鉛筆を握らせるため、
髪は否応なく抜け落ちるのだから。
ページの狭間から漏れる
かすかな青い光。
両手で祈るように
私は処女詩集をひもといた。

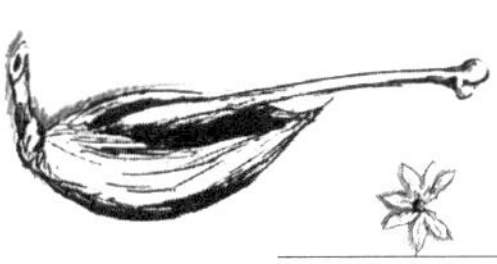

骨の呼吸

神魚《カムイチェプ》

大野一雄「石狩の鼻曲り」に寄せて

鳴きのぼったのは
言葉だけではなくて
私自身もそれを追ったのだ。
見つめていたはずが
うばわれる。
そのように
この身は泳ぎ入る。

「これはあなたが
言葉になるための手ほどきです」

鼻曲がりたちが、
手負いの鮭どもが、
私の左胸へむしゃぶりついてくる。
息は赤く吹きかえして
空にこだました。
氾濫せよ、手のひら！

（余白に忍ばせた皮膚は火照りを帯びる。滲み出した液汁をなだらかに盛り上げている。あ、文字。紛う方なき、ここで文字。腕とうで、脚とあし、触角としょっかくが呼びあって抱きあって、わたしはようやく言葉、ことばになれたのですね）

あなたがかかとで
地と口づけを交わすとき
その背へ
うちよせていくものがある。
さかのぼるものがある。

生きやかな鱗を握りしめると
雲が流れて、風が終わった。
（いまも
　おどるのでしょう　）
またあえますね
／ここにいる。

骨の呼吸

わたしのかげは循環している。
つま先を届かせては、
鋭くその身をひるがえし
足もとで順ぐり順ぐり夢を見る。
かげはわたしの囲いとして
わたしはかげの囲いとして
互いをひねもす取り巻いている。
夕陽が鈍い残雨をひきずりながら
耳の奥へと沈みゆく。
まぶしさに息を殺したとたん

かかとを鳴らして
かげは、うつつを追い越した。
「待って」と
囲いを打ち捨て、駆け出せば
わたしの背が
骨の呼吸を打ちあげる。

最期ののちに

二〇一三年一月二十九日火曜日、きょう祖母が骨になり（骨は祖母の一部だった）、私はささくれた割り箸の感触を確かめながら、骨の枯れる音に耳をゆだねた。やさしく爆ぜるその音が鼓膜の表面をなでて、切れ間なく響いていた。黒い衣服に包まれた人々は、息をつめて乳白色の丘をさらった。箸を手に、皆何かを探しているのだった。

寮歌をうたう明るい声、編み針を握るふっくらとした手。

その中にもこの骨がひそんでいたのだろう。

思いを骨まで焼き払ってくれる炉はないものだから――。

膝の骨から転がり出たのは、鉛色をした猛々しい金具。太いねじが四つも突き通り、祖母の骨と抱き合っていた。これが二十年近く祖母の右膝に潜んでいたのか。重たげな一歩一歩を、私はすぐ近くで見てきたはずなのに。

彼女と出会う前に、この骨を知りたかった。
骨のもろさを見ておきたかった。
尽くした思いは行き場をなくし、
今、私自身の許しだけが待たれている。
一緒に暮らしはじめた五歳のころ、
彼女の膝の上で私は何を話してみせたのか。
ぬいぐるみを握りしめ、
彼女の頬に触れていたときの
あの膝のぬくもりがよみがえってくる。

「はかない」の一言で生が片づくのなら、
誰が人を愛し、思い悩むだろうか。
そのからだを冷たくしてしまうものは何か。

おしろいの塗られた肌、桜色の口紅が光る。
語り継いで、と
そう言っていたようなくちびる。
すべてが一つの壺へ
行き着こうとしている。

最期ののちに入る四角い場所を
私もいつか訪ねるだろう。
真っ白な光が満ちて
辺りに百合の花が咲き乱れる。
その庭の小さなテーブルで
祖母はお茶を飲んでいる。
「大きくなったねえ」と微笑みながら
膝に私を抱き上げる。

Alternative

触覚も聴覚も視覚も
近しいものにしか応えないので
わたしにわたしのからだは遠かった。
居場所の示す意味を忘れて
毎日のできることに尽くしている。
振り切れないまま伸ばしておいた前髪。
ちいさな額を求め、かきわけても
そこにわたしはあらわれない。

この世界をすくっては飲み干し、

わたしの内に陸地を
ひろやかな海を建設しよう。
足を蹴りだせば、しぶきが上がり、
ほのひらく唇から、雲が生まれる。
息を吸うごとに綿毛の種が舞い立って
築き上げた惑星へ
うっすりと振りまかれていく。
わたしはわたしでしかないことを、
光や風ではないことを
未だいぶかしく思う。
(代わりたい
(わたしはだれかに代入されたい

生きて死ぬ器ならば、
底を通じて満たし合う。
吹きすさぶもの、
降りそそぐものらが

この身を境に裂けていく。

初めてからだをつきとめたときのように、
両の手のひらが
わたしの周りをめぐるのを見た。
わたしは熱《ほとお》るその手をとって
今日へゆるりと引き入れる。

種まき

世界地図には破れ目がある。
その穴からのぞきこめば
私の乳房《ちぶさ》は確かに
砂丘なのだ。

ざらついた乳房を引っ掻けば、
砂の肌をはらりと崩す。
風が吹く度、砂がこぼれて
私の乳房は削がれてしまう。
赤い心臓が顔を出さぬよう、

時折ぎゅっと砂の胸に手を置いている。
ジーンズの尻ポケットに、ひとつかみ
砂をくすぶらせているのは〝渇き〟をかたちづくるため。
だから、私の歩いた後には砂がこぼれていて
おとこの足あとがつくこともある。
風に舞い上がった砂粒が、彼のまぶたを潤ませる。
そのように乳房のかけらを受けとめていた。

そして、

(正月飾りをくべるかがり火は、境内の隅に
燃え立っていた。煙を上げて伸びていく橙
色のうで。夕空から落ちてきて、火はまだ
踊りつづけている。
「尊い木です」という札を下げた御神木が
ある。太い幹の両側にトマトケチャップ色
の肥料の瓶が五本も突き刺さっている。
血が流れているのだろうか?

髪をかきあげ、幹に耳を寄せる)

彼の手を取り、左胸の砂丘の上に置く。
脈拍は水を吸い上げ、この乳房へと注ぎ込む。
砂の肌に水が染み透っていけば、
土になる。
追うように告げる。
「耕すの」

(世界地図には破れ目がある。
その穴からのぞきこめば)

乳房の土壌に
真っ赤な肥料の瓶を突き立てて
尊い木を育てたい。
私は彼に
〝種まき〟を命じる。

好き勝手

雑踏、と口にするときの誰が含まれても良いかんじ、嫌いじゃなくて、そんな風に〝あなた〟という語を唱えてみたい。交差点では出会い未満が氾濫していて、生きものと肩をぶつけ合うとき、熱を受け流せずに唇をかむ。不意打ちのぬくもりにすれ違いざま舌が鳴る。ここで呼びとめてもらえないなら、あたし息なんかしていられない。

氷柱《つらら》を持って生まれる者と
生まれつき持たない者がいて
あたしは「ない」ことだけを教わった。

（あの深くてあたたかな洞窟のことはよく知っています、それが氷柱に冷やされては台無しになることも。だけど、あなたの氷柱は不吉に透き通っているから、あたしはそれを手折れない）

こんな帰り方は望んでいない。そう嘆いたとしても、悪徳は食卓に等しく配膳され、あなたは箸を手に号令をかける。

　明るくなるんでしょうか、家庭。

　軽くなるんでしょうか、お尻。

頬を出せば口づけが降ってくるものと思い、あなたは今朝も無邪気に顔を洗う。大海へ船出する夢を見た、と砂粒を引用して得意がる。どうして一面の砂漠を見せられないの？　ってあたし苛立ちながら、砂糖を固めて屋根にしている。

守られなさい、と説き伏せる唇は傷口のように濡れている。包帯をきつく巻いて黙らせておこうか、傷口の腐りゆくさまを眺めていようか。あなたの大好きなお砂糖なんか、あたしは舐めようとも思わない。

手袋をした右手で、肩の熱を払い落とす。
このひそやかな裁きを
あたしはどこで教わったんだろう。
グーで「勝」ったら三歩進むゲームから抜けられず、
皆歩きながら、「好き」な形に「手」を動かしている。
――好き勝手する。

いつか、とりとめのない呼気のふるえが街に伝播していき、氷柱を溶かし出すだろう。そしたら、あたしはすぐさま口づけ屋をたたみ、砂糖の屋根に火を放つ。交差点をカラメル色の夕日に染めて、鉄のようにしっとりとたたずむのだ。

屋根よりも深々と愛をかぶりたい。

あとがき

　私はわがままな人間なのだろう。「やっと落ち着く場所を見つけた」とほっと息をつきながら、次の瞬間には外へ飛び出すことを考えている。何にもとらわれず、思いめぐらすこと、疑ってみること、一途に突き進んでいくことに身を尽くしたい。私は書くことで、その願いをひとつひとつ叶えてきたように思う。

　本書に収めたのは、十七歳の春から二十一歳の冬にかけて綴った三十一篇である。第一詩集を出してから三年半、詩を通して世界の、自分自身の輪郭を写し取り、その変化に触れてきた。生まれ育った札幌を離れて東京での学生生活の中、筆を走らせる度、遠くのものと繋がる予感がした。その予感を予感で終わらせないために。すべてを新たに提示する思いで詩を選び出し、何度も編み直した。

詩は紙の上に在るのではなく、日常の中で心に芽生えるもの、目撃してしまう一つの現象だと思う。詩が好きだからこそ、変わっていくことを恐れずにいたい。詩を生かしたい、詩に生かしてもらいたい。そっと見ていてください。どこで何をしていても、私は詩と向き合っています。その限り、私は私で在り続けるのです。

完成まで見守ってくださった思潮社の亀岡大助さん、第一詩集に続いて装画を描いてくださった森本めぐみさん、本に素敵な装いを与えてくださった今垣知沙子さんへ、心よりお礼を申し上げます。

皆さま、本書の読み手になってくださり、ありがとうございます。

あなたの詩がより深く掘り起こされ、ひろやかに照らし出されますように。

二〇一三年三月　　文月悠光

文月悠光（ふづき・ゆみ）

一九九一年、北海道生まれ。東京在住。

二〇〇八年、第四十六回現代詩手帖賞を十六歳で受賞。

二〇一〇年、第一詩集『適切な世界の適切ならざる私』（思潮社）で中原中也賞、丸山豊記念現代詩賞を最年少で受賞。

そのほかの詩集に『わたしたちの猫』（ナナロク社）。

近年は、エッセイ集『洗礼ダイアリー』（ポプラ社）、『臆病な詩人、街へ出る。』（立東舎）が若い世代を中心に話題に。

ＮＨＫ全国学校音楽コンクール課題曲の作詞、詩作の講座を開くなど広く活動中。

屋根《やね》よりも深々《ふかぶか》と

著者　文月悠光《ふづきゆみ》
発行者　小田久郎
発行所　株式会社思潮社
一六二-〇八四二　東京都新宿区市谷砂土原町三-十五
電話　〇三-三二六七-八一五三（営業）八一四一（編集）
FAX　〇三-三二六七-八一四二
印刷　三報社印刷株式会社
発行日　二〇一三年八月十日　第一刷
二〇一九年十一月十日　第二刷